LOS AMIGOS, LOS AMANTES Y LA MUERTE

Gabriel Miró

Desde el vestíbulo pasa la suave luz de una lámpara escarchada al aposento paredaño donde está el tullido cercado de amigos. Hablan de proyectos logreros, de meriendas en heredades, de un sermón, de paseos bajo el refugio de los olmos del camino. Son viejos, como el enfermo, y tienen fortaleza, estrépito en la risa y fuman. Cuando le ayudan a variar de actitud o le acomodan la manta caída o arrastran su butaca de ruedas, siente él más su impotencia y le llora angustiadamente su alma, pero los ojos no. ¡Oh, si le vieran llorar por fuera estos amigos viejos y alegres, que ni padecen el reuma senil!

Les miente todas las noches, diciéndoles que sus piernas, su brazo y costado no están muertos para siempre. Nota que la vida acecha el penetrar borbotante por sus venas, regocijándole las entrañas y flexibilizando sus nervios y músculos.

-Eso, desde luego. Ya verá, ya verá cuando pase el frío -contesta, estregándose las manos, un señor muy flaco, de perfil judío.

-¡Claro, como los árboles! -añade el doctor Rodríguez.

Y el Registrador, varón gordo y risueño, exclama:

-Vaya: al verano de los nuestros, ¡y a botar como un muchacho!

El tullido les mira iracundo, vuelto a su hosco silencio, porque sabe que no lo creen.

Apartados en el vano de una vidriera, dos jóvenes contemplan la noche que se pierde en un misterio de cendales pasados de luna. Lejos, bajo las nieblas, escintilan las luces reunidas, medrositas, de un pueblo del valle. Se ve un llano que desgrana lumbre de luna en el suelto pedriscal. De los húmedos hondones emerge la alegría de verdura tierna iluminada. Y al pie de las ventanas está el jardín desierto, desamparado en la nevada de luz. Parece que los rosales, rígidos y sarmentosos, han florecido en esta noche, deshojándose las rosas por arriates y senderos. Llega del templo el sonar de las horas, tan puro, tan frío, resbalándose y fundiéndose en la paz, que mueve a fingir la campana también blanca, como labrada en hielo.

Ella, la mujer, es hija del tullido, pálida y enlutada por orfandad de madre. Sus manos finas, manos de imagen, se unen, albeando sobre el seno como flores de novia.

El amante es poeta. «Alma, Alma», -llama a la doncella y recoge en sus ojos la mirada de la mujer, y la lleva dulcemente a la desolación de la noche, y se miran y se aman dentro del infinito de tristeza, de silencio y de luna.

Departen, en tanto, los contertulios del escarzo de las colmenas. Les interrumpe la entrada de un gallardo perro de caza que se tiende dichosamente en la alfombra verde y espesa como alcacer halagüeño.

-Estos animales -prorrumpe entonces el señor Registrador- son de más habilidad y sabiduría que nosotros. Tenía yo una perra grande y sagaz, como esta...

-Mire usted que esto es perro y no perra -le corrige un señor de ojillos codiciosos.

-¿Qué perro? -pregunta trabajosamente el enfermo.

-Bueno; ¡da lo mismo! -contesta el Registrador.

-Pero, ¿qué perro? ¿Dónde está? -insiste colérico el paralítico.

-Aquí. ¿No lo ve usted? Es el de su hermano.

-¡Que se lo lleven, que lo aten! ¡Me matarán! -Y el enfermo, rendido, se hunde entre almohadas y pieles.

-¡Déjalo, déjalo! -intercede un amigo que dormitaba.

-¡Qué he de dejar! ¡Fuera! -Y el tullido se mira con rabia su diestra caída, inservible.

-¡Lo echan al pobrecillo! -dice infantil y tierna la mujer, mirando al perro que se aleja perezosamente.

El poeta se estremece de agresivo egoísmo. Odia al perro, él, sembrador de piedades. Por lástima, alejose la amada de la noche y se apartó de él, porque mirando la noche, se decían sus ansias y hasta el doloroso deseo de la carne.

La voz del señor Registrador seguía:

-Pero yo estaba harto de animales en mi casa...

El contertulio menudo y enjuto de perfil hebreo, sonríe.

-Estaba harto -mantiene el otro, mirándole con gran enojo, como si entonces también lo estuviera-.Y regalé mi perra.

-¡Yo haría lo mismo si pudiese! -balbucea el tullido.

-Se la llevaron al Encinar. Del Encinar a aquí habrá unas cinco leguas...

-¿Dónde, dónde ha dicho usted? -pregunta el médico.

-He dicho al Encinar.

-Pues no hay más de cuatro y media.

-Si me apura usted diré que cinco y media.

-¡Es igual! -añade otro con hastío.

-Y en el Encinar parió mi perra. Tuvo cuatro cachorrillos. ¿Y qué dirán que hizo? Pues agarró con los dientes uno, y como pudo me lo trajo. Se fue y tornó con otro. Y así hasta traérmelos todos. Poco tiempo después, tendida en el suelo, mirándonos a mi mujer, a mi hija y a mí, particularmente a mí, se murió. Debió morir reventada.

-Alguna hemorragia -insinúa el doctor.

-Pero esa hemorragia, ¿de qué iba a ser, sino de...?

-¡Claro!

-Por eso les decía yo antes, que estos animales son de más saber que nosotros.

El perro expulsado asoma en la estancia. Leve, cauteloso, entra más y se echa sobre la alfombra porque todos le miran y sonríen. El paralítico también le acoge bondadoso. Es un instante de sencillez, de piedad, que levanta en los corazones la perra muerta hacia el perro vivo. En el huerto, un pavo real lanza tres gritos desgarradores que estremecen a la doncella.

Los amantes miran la inmensa y clara noche, poblada de fantasmas dolientes de árboles, y piensan en los ciegos terrores de aquella pobre ave. Lástimas exquisitas arden en el corazón del poeta. «¡Oh, alma!». Y la envuelve toda su mirada. Los ojos de la doncella, dorados y húmedos, copian la luz de la luna. El amante exprime con los suyos la miel de la boca ansiada.

Otro grito, un ¡ay! largo, implorador, arranca la noche a la bella ave, que oye ladridos de mastines, espantados de sus siluetas proyectadas en las eras.

Los amigos se despiden del tullido. Pero de súbito suenan recios golpes en la puerta. El perro se alza latiendo fieramente, erizado, tremante la doble sierra de sus quijadas terribles.

La puerta se abre, y en el fondo de blancura del plenilunio, se destaca un hombre que lleva sobre sus espaldas dobladas un féretro negro.

En el huerto, el ave real gañe angustiada, enloquecida. La doncella se ampara en el pecho del poeta; rechinan los dientes del paralítico; retroceden, sobrecogidos, los amigos, y el perro se abalanza sobre el hombre espantoso y el ataúd vacila y cae retumbando. Dañan sus golpes como si dentro de las tablas se rompiera un cadáver.

-¿Es aquí donde vive el señor extranjero que ha muerto? -dice desde la calle una voz.

Y nadie le contesta.

Después, el Registrador murmura:

-Aquí no debe ser; no es, ¿verdad?

El funerario arrastra la caja y desaparece. Y entonces los amigos se esfuerzan por reír, y estalla un coro de risas contrahechas, metálicas y lúgubres.

-¡Han oído; pero han oído! ¡Si vive aquí el que ha muerto! -prorrumpe el doctor. Y se oye otra risa fría, incisiva, desconocida. Todos se vuelven. ¿Quién se ha reído? No lo sabe el mismo que la hizo.

Pero los amigos vuelven a la alegría de la vida. Tienen sanidad, tienen hartura. De morir alguno de los reunidos sería el pobre amigo postrado. ¡Oh, el pobre! ¿No han de quererle si le conocen desde chicos? Les parece que vaya a morirse en sustitución de ellos. Verdaderamente, fue siempre honradísimo hombre. ¡Qué tremendo, si no hubiera entre todos este amenazado! En fin... Y se despiden del enfermo con más cariño que nunca.

El tullido les mira con más aborrecimiento que nunca.

-¡Alma, despierta! -dice el poeta besando los ojos de la amada.

Y ella, trémula y blanca, gime:

-¿No viste la Muerte?

-¡Alma, no hay Muerte!

-Muerte hay -e indica sus ropas de luto y a su padre doblado en la butaca.

Los jóvenes acuden a él y le llevan tiernamente a la vidriera; pero el paralítico no ve la noche y vuelve aterrado la mirada hacia el portal.

-¡No hay muerte! -repite el poeta-. Mira la noche, mira los mundos; ¡qué les importa los féretros, los sudarios, las lágrimas de algunos ojos! Todo sigue. ¡Oh, la suprema fusión con el Todo para ser amado en él! Mira la vida, bella ahora en sus tristezas de nieblas y silencio; bella mañana en su sol, y hasta en el gusano que se deleita con el jugo de una hierba pisada. Si los hombres lo amasen todo y ennoblecieran la vida, quitarían la idea de la muerte; ¡nunca hay muerte! ¡La alegría prende en las almas cuando se sienten amadas, y aman y son eternas!...

El poeta enmudece. La gran luna vierte su luz sobre toda la amada. Está inmóvil, rígida; tiene las manos cruzadas; mira al padre y los ojos de la doncella parecen cerrados; su palidez es tan intensa que adelgaza sus mejillas...

Y el poeta, transfigurado, la descansa en su pecho. La amada sonríe y le muestra al enfermo, que atiende dichosamente y ya mira a la noche.

-¡Oh, hijos, no hay Muerte!

Y el poeta le susurra a la mujer:

-Te vi inmóvil, como los muertos; blanca, como los muertos, y ya no me mirabas; y yo, yo, me sentí hundir en una muerte eterna...

Audaz, raudo y glorioso hendía un automóvil la soledad y el silencio de los campos. Íbamos en él amigos buenos, a un pueblo montañoso y lejano. Y decíamos, ganados de encendido entusiasmo y regocijo: «No debe ser justo ni lícito mirar esta máquina tan someramente que solo veamos en ella riquezas, viaje, placer, expansión de su dueño; porque estos automóviles fuertes y viajeros llegan a ser como una vida palpitadora con poderío, voluntad y arrogancia suyos».

Pasados los campos y lugares cercanos y sabidos, penetramos gozosamente en el paisaje nuevo, hosco, quebrado, de misterio, que parecía venir enemigo hacia nosotros, y ya a nuestro lado, se apartaba y tendía sumiso y amoroso entregándonos el olor de su vida y fortaleza.

Cielo, montañas, ríos, arboleda, casales, yuntas, piedras, hierbas que orillan los caminos, puentes, cruces, labriegos, humos y senderos... Todo nos «miraba» y dejaba alegría, dicha y ansias dominadoras.

...¡Alma mía!
No aspires más allá de lo posible,
cual si fueras deidad...

Nos avisábamos con palabras de Píndaro. ¡Oh, el Tebano divino, cantor de púgiles y vencedores con el carro y cuadriga!, ¡qué ardiente loor no hubiera dicho sintiéndose arrebatado en el regazo de un automóvil, monstruo sin bridas, altivo, llevado por manos mozas y fáciles que lo dejan precipitar anhelosamente, y las ruedas corren, vuelan sin obediencia a vías ni relejes!...

El horizonte de serranía, que antes veíamos suave y esfumado en azul, llegaba a nuestros ojos alumbrado, desnudo, enseñando heridas, abismos, verdores de pastura, rojas torrenteras, gayas altitudes soberanas de silencio, ungidas de cielo...

Considerábamos ya el automóvil carne, ave, alma delirante, ebria de alegría. No hablábamos; creíamos ser nosotros los que desgarrábamos espacio y distancias arrojándolo todo a nuestra espalda...

¡Éramos fuertes, grandes, heroicos, excelsos! Huyeron de nuestro ánimo pensamientos menudos y ruines de ciudad. ¡Cómo no alabar a nuestra máquina y no ver en ella virtud y eficacia ennoblecedoras que la colocaban por encima de la esclava condición de cosa! ¡Cómo no bendecir a nuestro «Gerón», su dueño!

Ronca y magna tronó la bocina. Su voz prolongábase en la inmensidad humanamente.

Muy remoto halló la mirada un punto movedizo que fue creciendo y determinándose su hechura y naturaleza. Era un cochecito descubierto, de dos ruedas viejas y flacas; parecía una araña. Lo arrastraba un overo largo y mustio, de cascos peludos, gobernado por una personilla gorda, sanchesca, con guardapolvo, gorrita orejuda y anteojos negros; un hidalgo sin libros de romances ni devotos, que habría salido de su pueblo para visitar su hacienda. Debía llevar pienso para el rocín y matalotaje para él; y en tanto que viajaba compararía el tempero de las tierras ajenas con el de sus bancales de sembradura, y miraría los almendros y viñas para alegrarse si lo suyo tenía mejor veduño.

¡Qué pobre hombre a nuestro lado!

Resonó más la bocina. Una montaña próxima y pelada repitió su rugido.

Entonces el caballejo, medroso y reacio a riendas y palabras de su señor, atravesose torpemente en el camino. Tembló sobre el azul una mano corta y pingüe. Mas la bestezuela, sintiéndose encima el fragor del monstruo, desmandose y huyó aterrada por la cuneta y de aquí a un barbecho, derribando al hidalgo en el seno del coche, donde se removía y voceaba.

Nosotros pasamos veloces, dichosos y triunfales. Quisimos mirar al caído; y carro y caballero quedaron sepultados en inmensa tormenta de polvo. Llamamos la piedad a nuestro corazón, y diciendo «¡Pobre hombre!», estalló indomablemente nuestra risa moza y sonora.

Esto nos hizo mirar al automóvil un poco recelosos, pues nos sentíamos demasiado soberbios y egoístas.

* * *

Ya noche cerrada, tornábamos a la ciudad, cruzando y despedazando la negrura con los blancos astros de nuestros faroles poderosos.

Aumentaba en nosotros la sensación de la fuerza, viéndonos fantásticos, esparciendo luz. ¡No éramos ni hombres siquiera, sino estrépito, velocidad, aire, noche!

Lejos aparecieron lucecitas humildes. La garganta enronquecida del monstruo avisó fieramente nuestra presencia. Y las luces seguían moviéndose remisas y descuidadas.

Nos detuvimos ante una procesión de carros enormes, trajineros. Sonaba en la noche el trémulo resuello del motor. Vinieron los carreteros pesados, lentos; sus recias mejillas de barbas aborrascadas traían corteza de tierras de viejos caminos; las trallas se enroscaban como sierpes dormidas en sus cuellos y hombros. Miraban inquietamente las mulas sus espectros gigantescos, tendidos, producidos por nuestras linternas, y entre el latido del hierro sonaban con dulzura las campanillas de las colleras.

Pero nosotros seguíamos siendo fuertes, inmensos, y ordenamos a los humildes que se apartasen. Es verdad que ellos se contemplaban y nos contemplaban, calladamente, con odio y socarronería.

¿Es que no entendían nuestro mandato ni les amedrentaba la grande fantasma de nuestra máquina cuyos ojos de fuego tenían feroces amenazas?

-¿No han oído? ¡Fuera; apártense! -Y nos estremecíamos de indignación viendo menoscabado nuestro imperio por mulos ruines y carros miserables.

Entonces aquellos hombres dijeron que no, no era posible separarse. La mitad del camino se erizaba por una calzada de piedra reciente.

«¡Cómo carros de tanta pesadumbre y bestias rendidas iban a subir por este sitio trabajoso! Nosotros sí, que la ligereza y poderío de la máquina lo vencía y allanaba todo...». Y se miraban y nos miraban, cruzando sus brazos, aguardando.

Gerón les gritó furiosamente: «¡He dicho que fuera!».

-Mire que no, no se puede.

-¡No! ¡Pues allá vamos!

Nuestro monstruo retembló al avanzar; se movieron las espadas de luz de las linternas... Voces espesas gritaron blasfemias; crujieron llantas, galgas, ruedas; brotaron lumbres azules de los herrados cascos; saltaban despedazadas las piedras en tasquiles... y quedó libre la parte del camino lisa y fácil... Pasamos hundiéndonos en tinieblas triunfalmente. Detrás, dejábamos odio y padecimiento.

Ya en la ciudad, y andando humildemente, cedimos paso a un carro como los despreciados en la soledad campesina. Sentimos nuestra voluntad reducida a lo humano, sin ardimiento ni quimera de heroica excelsitud. Y entonces nos sentimos piadosos.

¿Vale la pena definirnos con gravedad y minucia si un accidente nos modifica hasta creernos con cincuenta caballos de fuerza? ¡Qué será subir en globo y creernos aves gloriosas... y es el globo quien vuela y no el hombre!

Criado en soledad, sin avisos y enseñamientos de maestro, sin halagos ni mordeduras de camaradas, el retraído artista escuchaba menudamente su espíritu, lo sutilizaba con la observación, lo acendraba con estudios, lo abría y ampliaba, dándole fuerzas y contento, en la visión insaciable de los campos, de la serranía, del cielo y del mar.

Gozaba, traspasado de ternura, hallando en las plantas y en los animales y en las cosas humildes una participación íntima y armónica de la vida grande y excelsa y de la humana. En cambio, para amar a algunos hombres, necesitaba de afanosos trabajos de voluntad y relacionarlos con la callada vida de lo inferior y sumiso. De aquí se deslizaba a invertir las agrias palabras de J. J. Rousseau, que loaba al Hombre y aborrecía la Humanidad. El artista que digo, artista-escritor, no abominaba de ésta ni de aquél, sino que creía más fácilmente en la especie que en el individuo, pues decía que los hombres, juntos, muchos, no eran ruines, siquiera fuesen peores. Cuidaba del amor, atendiendo celosamente el brote y prendimiento en su alma de toda simpatía o malquerencia para fomentarla o reprimirla; y de tanta sutileza se seguía el no tener reposo.

Regresaba el escritor de las soledades campesinas. Y cerca del poblado vio destacarse la silueta espantosa de una vieja, larga, seca y doblada. Estaba inmóvil. Si encima le hubiese pasado el ramaje de un árbol, creyérasela pendiente de una cuerda que la acabase de ahorcar. El artista se sintió mirado en toda su carne por unos ojos hondos, inquietos, de maleficio.

La recordó, durante la noche, con repugnancia y hasta con miedo; y sin embargo, se confesó que deseaba verla, saber de sus miserias, porque debía de ser muy miserable.

Se levantó temprano. Había llovido espesamente y amaneció un cielo limpio, y dulce, clara, cristalina temperie que trasparentaba los términos remotos, alegres de lluvia caída y soleada; algunos bancales inundados eran imagen del azul; olía generosamente la tierra; el pinar y la sembradura gozaba la resurrección de sus verdores, y en el horizonte del mar, un mar tan inmóvil y terso que parecía cuajado, resplandecían de blancura inmensas volutas de nubes, túrgidas, espumosas, ficción de hacinamiento de montañas nevadas. Mirarlas hacía concebir el deleite de hundirse en su regazo y deslizarse gloriosamente aspirando la creación.

Los hombres que pasaban cerca de los balcones del escritor y que él veía sobre fondo de las nubes amadas o de cielo diáfano, de campos húmedos y verdes, le parecían hombres recientes como el color de los árboles y montañas, hombres alumbrados y ungidos de la pureza de la mañana limpia y gozosa. ¡Qué fuerte, santo y eficaz enlace entre ellos y el sol y el aire y todo lo inmenso! ¿Lo notarían, lo sabrían los hombres? ¡Y si las pobres gentes iban rumiando infelices y pequeños pensamientos!

Diciéndose el artista estas levedades, recordó a la vieja. ¿Quién sería? Preguntó a los suyos si sabían de ella.

Madre y hermanos le miraron y sonrieron oyéndole, y cuando acabó, le dijeron: «¿Habrás soñado y ahora se te antoja que es verdad el espectro?».

-No soñé, no soñé; que la vi realmente, y todos mis nervios y todos mis huesos vibraron, crujieron y mi sangre se precipitó contra el corazón, que parecía querer derribar a golpes el costado.

Salió el joven deseoso de hallar a la vieja.

Y la vio. No costaba lograrlo, que todos en el pueblo la veían, porque la vieja peregrinaba siempre por calles, encrucijadas y contornos como maldecida.

Esa mañana la encontró en una plazuela, solitaria y umbrosa por los muros vetustos de un convento. No había esos añosos olmos ni acacias copudas que en los crepúsculos vibran del rebullicio de los pájaros. Sus bancos de piedra, descanso de mendigos, estaban rotos. El júbilo del cielo contrastaba con la tristeza y oscuridad de las paredes como en los patios de las prisiones y fábricas.

Andaba la vieja lisiadamente porque tenía partido un pie y solo pisaba con la doblada punta del zapato, zapato negro, de paño, de difunta; y en el otro llevaba alpargata ceniciente, de fámula o freila. Sus piernas zancudas, secas, de leños; la recia y descarnada osamenta de su cintura; las vértebras, las costillas, los hombros, el espinazo, todo el ruin argadijo de su esqueleto, que se temía fuera a desarticularse y quedar amontonado en la tierra como un osario, se manifestaba detrás de sus ropas, que nada más eran: calzas blancas, una falda inmunda, raída, abultada por el hueso monstruoso de la rodilla coja y la landrera con llaves de alacenas y arcas; ceñía el cuerpo un negro corpiño prendido con agujas. No parecía usar el limpio abrigo y decencia de ropas íntimas. Su cuello y sus mejillas eran un fruncido de pieles blandas; la nariz, picuda, la boca, hendida y en el cráneo, casi mondo, traía como clavadas las ruinas de alambres y arrapiezos de crespones de un sombrerillo o toca.

Se le antojaba al artista que la vieja había huido de algún horrendo asesinato de París, y aún la tuvo por símbolo y compendio de asesinadas; y sentía frialdad, pavor y entristecimiento al recibir la mirada de aquellos profundos ojos de una sustancia húmeda, pegajosa como las pupilas de los sapos grandes.

¿Valía esta fealdad, por extremada que fuese, el asustamiento y preocupación de un hombre ansioso de las cumbres de la fantasía y de las almas? Quizá sí, queriendo percibir el vaho de misterio de todas las cosas por menudas que nos parezcan. ¿Qué angustias, rencores, lacerías, desconfianzas, codicias, abandonos, soledad y fatalismo, habrían corroído el espíritu y secado y retorcido los huesos de la miserable que paseaba desdeñosamente su infortunio y horridez entre las gentes placenteras, que no se notaban sus estigmas y sino, y se detenían a mirarla con asombro y burla?

...¡Y en aquella mañana profunda de azul nuevo, purísimo después de la gracia de la lluvia, y de aire balsámico como si todo el universo floreciera risueñamente, la vieja errante no participaba de la fortaleza y hermosura de la vida magna, excelsa, total!

Sufría el escritor porque ansiaba apiadarse y aún querer a la mísera, y ni la dulzura de los días otoñales ni el afincamiento de su voluntad remediaban esta aversión; ¡la vieja le inquietaba, le aterraba, le... atraía!

¿Habría llegado a aborrecerla? No podía olvidarla; y ya sin proponérselo fatalmente, todos los días la encontraba, y era él, ahora, quien huía, y ella quien se paraba a mirarle. Pero, ¿quién era? Antaño se la habría creído necesitada de los exorcismos de la Santa Madre Iglesia, y aquel zapato encogido, de negro paño, de amortajada, traía al artista el recuerdo de los borceguíes del tormento.

...Decíase en la ciudad que estaba rica, y la avaricia la forzaba a vivir desdichadamente. No tenía morada, recogiéndose en cualquier mesón. Veíanla en los bancos de los paseos y parajes soledosos comiendo frugales alimentos. Otros días iba de café en café, y en los ángulos más sombríos sorbía su taza y engullía panecicos torrados, y siempre una de sus manos, de raíces nudosas, trababa la faltriquera con crispación de cadáver.

¡Quién curaría al artista de la pavorosa preocupación de la vieja...!

...Había publicado el escritor un libro.

En el escaparate de una librería de la ciudad veía el autor, al pasar, sus pobrecitos ejemplares, los mismos siempre, entre un grueso tratado de química y la Jerusalén libertada.

Es una tarde invernal, de aullidos de viento, de mar oscuro y rugiente. Una nube larga y ensangrentada camina por un cielo frío, terroso como un desierto.

El artista sale angustiado; todos los hombres le parecen enemigos. Ni él mismo se siente participar de la gran vida. Vaga por las calles, y al aparecer en la de la tienda de libros siente horrible temblamiento de sus nervios y de sus entrañas. ¡Oh, su maldición! ¡La vieja, la vieja lisiada baja hacia él!

El espectro se detiene; luego pasa el umbral de la librería. Vuelve a asomar; retrocede, se aleja, se pierde...

Desde su puerta, el librero la contemplaba, y viendo después al escritor, le llama.

-¿Pero es que esa vieja lee? ¿Qué buscaba? ¡Habrá aojado mis libros!

-¡Ha visto, ha visto qué horrible! -exclama riéndose el tendero.

-¿Horrible? ¡Espantosa! ¡Yo tengo su espectro hincado dentro de mí!

-Pues... mercó el libro de usted.

-¡Un libro mío! ¿Compró mi libro?

-¿Qué le parece?... Muchas brujas como ella que acudiesen, ¿verdad?

-¡Hombre, por Dios! ¡Y por qué ha de ser bruja la pobre señora! -exclama el artista aborreciendo la frialdad y rudeza del mercader...

ArribaAbajoLa niña del cuévano

Estábamos acostados en las sombras, leves y movedizas, de las acacias, cuyo ramaje desmayaba por la graciosa pesadumbre de la flor.

Era en la soledad de la siesta. Veíamos caer alas secas de flores, y quedaban sobre nuestras frentes, o nuestras ropas, o en la tierra, y aquí las invadían prontamente las hormigas, que luego las dejaban; entonces venía algún codicioso gusanito; cerca de la apagada blancura se detenía, como acometido de súbita desconfianza. Nosotros no distinguíamos los ojitos del insecto; pero su formalidad humana, su incertidumbre, sus anhelos nos hacían verle ojos y hasta lentes.

¿Qué impresión le darían las pobrecitas flores muertas?

Avanzaba el gusano. Rodeábalas fingiendo indiferencias. ¡Acaso fuera hembra! Se acercaba, y conocida seguramente la inutilidad de lo que miraba, en un momento de arrebato vegetativo y bajo, como de hombre despechado, subía y pasaba frenético encima de la mustia alita de flor, y ya, sin volver siquiera la cabeza, se alejaba perdiéndose en una arruga de la corteza del tronco o en los misterios de una piedra.

En el árbol, las flores tenían olor; pero no el que ofrecen en la frescura de la tarde, que entonces es místico, o de novia besada, sino casi olor de bancal de yerba caliente. Mirando a lo alto, del cielo parecían colgar con dulzura los racimos nevados, y en el íntimo y delicioso claustro de las hojas sonoreaba un estremecimiento de abejas.

No habíamos pensado dormir. Esperábamos en las afueras de la ciudad un carruaje, porque nos marchábamos a un pueblecito y bajo las acacias nos acostamos porque había sombra. Delante comenzaba el mar, de aguas quietas, fundidas en lámina pálida como tendida niebla.

Crujió la tierra a nuestra espalda y dijo una vocecita:

-¡Mérquenme este cuévano!

Y una rapaza nos presentó un hondo cuévano, de mimbres aún verdes.

Era talludita la rapaza y estaba pañosa, tostada y descalza; su cabeza redonda, cortados los cabellos, quizá por reciente mal, parecía de esclava.

Teníamos algunos menudos y pudimos socorrerla humildemente; pero el cesto no se lo compramos.

-Hace ahora mucho sol -le dijimos-, y todas esas casas campesinas míralas cerradas; por el camino no pasa sino algún perro vagabundo, y en la playa, solos están esos viejos barcos negros, rendidos sobre la arena. ¿Quién puede comprarte el cuévano?... Quédate a nuestra sombra.

Nos miró con fijeza la muchacha y sentose en la tierra como una niña árabe. Entonces reparamos más en sus pies, pies de caminante, agrandados y rudos, con verdes costras de polvo y jugos de hierbas.

Apareció un insecto, muy grave, grueso, de patas sutiles, con negra vestidura reluciente. Andaba despacio, pesado, como reflexivo, y nos recordaba algún conocido nuestro, respetable varón que aparentaba maquinar profundidades y es posible que no piense ni haga nada.

Un grano de semilla, caída del árbol, hízole parar; luego tuvo desasosiego; sin embargo, debió recibir muy gran contentamiento, según se frotaba las manos, es decir, los hilillos de sus palpos, y quedó meditando, meditando.

La rapaza tomó una aguda pedrezuela; hundiósela por la espalda, y el desdichado conocido nuestro crujió y se tumbó, reventado.

-¿Por qué has hecho ese mal? -le preguntamos.

Nuestras palabras le dieron asombro. Hizo luego con su hocicuda boca, mueca de que le tenían sin cuidado, y nos volvió la espalda.

-Has matado -seguimos diciéndole.

-¿Queeé? Pues güeno -contestó agriamente.

Y movió, despectiva, sus hombros miserables, delgaditos como alas de pájaro desplumado.

-Mira: aún estaba vivo; ha temblado ahora... Míralo.

-¿Queeé?

Y no lo hizo.

¡De dónde vendría esta criatura! -pensamos.

-Tú vienes de muy lejos, ¿verdad?

-¿Queeé? Del hostal de ahí.

¡Del hostal!... Ignoramos por qué ilusión apetecíamos que llegara la rapaza de lejanamente; y solo venía de una posada, cuyas torradas paredes veíamos desde nuestra sombra.

-¿Pero serás de algún pueblo muy apartado?

-¿De qué?

-¿Que de dónde eres?

-¿Queeé? Pues de Villena.

¡Villena, lugar de esta misma provincia! ¡Es verdad; su habla era de Villena! ¡Tampoco de pueblo remoto, Señor!

-¿Tienes padres?

-¿Queeé? Padres..., padres... lo que tengo es madre y hermanos grandes.

Contestaba siempre: ¿Queeé? Y esto podía ser constante recelo de criatura acechada por la madre y los hermanos grandes, y malicia para urdir la réplica. Pero ¡y si en vez de la íntima y obscura vida de abandono y sufrimiento que imaginábamos, la querían tiernamente los suyos porque era la pequeña, pícara y enfermiza, y el ¿Queeé? no manifestaba miedo o espacio para apercibir la defensa, la contestación, sino sencillo vicio de lenguaje!

¿No venía de una próxima posada y era solamente de Villena?

¡Pero qué importaba que llegase de un hostal vecino ni que procediese de Villena para que esta criatura tuviera un alma todavía apretada, cerrada en capullo de vida, en el que pudiéramos entrarnos a gustar mieles silvestres de ternezas y ansiedades, cuyo sabor nunca se pierde!

El dolor, el placer, los anhelos pasan profundamente, como ríos sepultados por estas vidas humildes, y aunque ellas no lo sepan, aunque no se den cuenta, sienten ciegamente sus ondulaciones bravías, y sus riegos dichosos, y sus ruidos torrenciales... No; no nos apartemos distraídos, y alumbremos estas aguas del Misterio.

Y quedamos contemplando a la rapaza.

-¿De modo que vives con tu madre y tienes hermanos grandes?

-¿Queeé? Hermanos..., hermanos...; hermana dirá usted, pues que el hermano ni tan siquiera sabemos si es vivo o muerto, que se marchó más lejos de la mar...

Y su bracito quedó alzado, perfilándose la miseria de su delgadez sobre la dormida marina.

-¿Y tu hermana?

-¿Queeé? Está mala en la cama con un crío.

-¡Ah! Es casada.

-¿Queeé? Da igual.

-Tu cuñado es muy bueno contigo, ¿verdad? Tú serás como una hermanita chiquitina suya.

-¿De qué?

-Quiero decir si te quiere y protege. Tú dormirás, arrullarás a su nene, y cuando el padre os vea jugar como hermanitos, ¡figúrate qué contento tendrá! ¿Qué te parece?

-¿El qué? ¡Pero si el cuñao está preso!

-¡El cuñado preso! ¿Qué hizo? ¿Mató?

-¿Queeé? Matar no mató a nadie; pero se riñó con otro hombre de Villena...

-¿Y se hicieron daño?

-¿Queeé? Daño..., daño... Es que el otro vino a morirse del resquemo de la pendencia, según me creo.

-Bien puedes querer a tu hermana, porque es desventurada mujer.

No contestó la niña del cuévano.

-¿La quieres con toda tu alma?

-¿Queeé? Yo, no, señor.

-¡No la quieres, no te da lástima!

Aquí tampoco respondió la rapaza.

-¿Y su criaturita?

-El crío siempre está pero que llorando.

-¿Y la pobre de vuestra madre?

Reclinose la niña del cuévano sobre sus brazos como en dos puntales, sus manos hendieron el polvo, y sus labios y sus ojos hicieron visaje de frialdad y desprecio.

-¿Es que no quieres a tu madre?

-¿Queeé? Yo, no, señor; que tampoco ellas me quieren a mí.

Nosotros, entonces, le dijimos:

-Mira, sois pobres y tenéis tan mala ventura que ni siquiera vivís en hogar vuestro y vais errantes como los ganados, de refugio en refugio, de préstamo, de pasada. Pero tú fíjate cómo en los ganados se solicitan y quieren las reses, que cuando andan o sestean en sitios descubiertos, sin sombras de peñas ni de árboles, el vientre de cada una, de cada cordero, protege del sol la cabeza de otro hermano, y están amorosamente reunidos. Ya ves si se quieren y ayudan...

La niña del cuévano se había erguido y vuelto hacia nosotros, y nos atendía muy quietecita.

Esto nos animó grandemente. Recordamos una de las primeras máximas de la Introducción y camino para la sabiduría, de Luis Vives: "«Procure siempre lo bueno y huya de lo malo, porque la costumbre de hacer a la continua bien se le volverá en naturaleza»".

La tuve siempre por muy sana, consoladora y verdadera doctrina. Sí; podemos engendrar la perfectibilidad, llegar a hacerla fisiológica. Y no hay mejora más bella y santa que el amor. Y pensamos en esa tarde que era bueno llevar al amor un alma reciente, tierna, que podía prenderlo en otras, creando una costumbre de amor que alcanzase a ser herencia y naturaleza.

Por eso le decíamos a la niña del cuévano:

-Pues vosotros deberíais quereros. Amar da alegría. Si os quisieseis y buscaseis el abrigo del corazón, como los corderos el vientre del que está a su lado, no sufriríais con tanta crudeza los rigores de vuestra vida...

Nos contuvimos un momento porque nos pareció que habíamos razonado a lo predicador elevado y solemne.

Pero la niña nos escuchaba afanosamente. Algunas palabras nuestras la hacían parpadear, y luego sus pupilas quedaban inmóviles, fijas en nuestros labios. Y esto, separadamente de la intención que nos inspiraba, casi nos envanecía... Y seguimos:

-Tú dices que no te quieren mucho, ¿verdad? No te importe. Quiere tú, y producirás, y descubrirás la ternura en el fondo de las almas de tu madre y de tu hermana, como en una mina...

-¿De qué?

-Lo que yo quiero decir es que tú puedes enseñar a querer entre los tuyos, y a ti se te debería la paz y la dulzura en vuestra familia. Empieza a amar, y serás amada; yo te lo prometo, y cuando seas madre tus hijos...

No terminamos, porque la rapaza se levantó.

Nosotros estábamos conmovidos, alborozados. ¡Habíamos redimido un alma del pecado de no amar! Vimos a la pobre niña transformada... ¡Es que pudimos inflamarla en ansias santas de cariño!

-Sí, sí; ve, corre a los tuyos -exclamamos-, ¡y ama, ama siempre!

Entonces la redimida acercose a nosotros y, vibrante de enojo, nos gritó:

-¿Pero me merca usted el cuévano o qué?

Y sus pies aplastaron un hervidero de hormigas que sepultaban al negro y gordo insecto desgarrado por la piedra...

EL FAVOR DE SU MAJESTAD
(Capítulo de una crónica)

Hay en la comarca levantina una aldea nacida en el piadoso abrigo y regazo de un santuario de grande renombre y devoción, puesto bajo la custodia de monjas, me parece que clarisas. Siempre que yo pasaba junto a sus muros, mis ojos quedaban prendidos en las espesas celosías del monasterio, y no por designio sacrílego, ni de martelo de galán de monjas, como «don Pablos», sino imaginando solo la mística vida de las esposas del Señor.

Una tarde entré en la iglesia del convento. Estaba solitaria y apagada. Muy despacio, sin que mis pisadas hiciesen ruido en las viejas baldosas, acerqueme a la red por donde las hermanas confiesan y reciben el pan de la gracia. Era una reja toda erizada de lanzas castificadoras. Y entre esa prisión pasó, huyendo, una silueta femenina, leve y rápida como una sagrada paloma.

Estuve a punto de gritarle que abriese para mirarla devotamente. Cuando salía levanté la mirada y vi en el coro otra sombra de mujer, prosternada, rezando. Encima cruzaba un haz de sol tamizado de azul por la vidriera.

Mi pensamiento, toda mi ánima se recogía enternecida y medrosa y todo del siglo, pensaba que siquiera en el que yo pise y habite nada más haya que pobres malicias provincianas. Y teniendo alzados los ojos, como los arrobados ascetas, hallé que una punta de arco y su base amenazaban derrumbamiento.

Supe de algunos aldeanos que ya habían dado aviso. Yo era cronista, y también dije el peligro. Fui muy hipócrita; pues del ajeno riesgo no me cuidaba mucho, antes lo apetecí grandísimo para que, temiéndolo los seglares y eclesiásticos, debajo de cuyo gobierno vivimos, ordenasen la entrada en el monasterio.

Confiaba que, por mi privanza con esos ilustres varones, me llevarían en su visita, logrando de este modo sumergirme en la rara y mística fragancia del claustro. Como así fue. Pero como entonces viniese a Alicante nuestra católica majestad el señor don Alfonso

XIII, no para reunir Cortes, sino para darnos su real parabién por la dulzura y templanza de este suelo, no tuvo cumplimiento mi gusto, del que yo también me distraje, porque habiendo de escribir la crónica de la llegada de su majestad, con distinto estilo del que emplea don Francesillo de Zúñiga cuando hace la del arribo a España del señor don Carlos V, apresteme a recoger noticias de agasajos, alborozos, fiestas y pleitesías. No ocultaré a la posteridad en mi futuro libro que, pasando el rey para ir a un sarao, tuve que apartarme y me destoqué, y a su majestad le plugo sonreírme, de lo que yo quedé muy agradecido. Vuelto el rey a la corte y acabado todo bullicio y esplendor de festejos y ceremonias, decidiose que fuésemos al monasterio aldeano.

En el cancel del templo recibionos el señor capellán de las monjas, un hombrecito muy amarillo y huesudo, la tonsura hirsuta y en sus manos un gorrillo de terciopelo, blando, bisunto, de borlita mustia. Después que miramos las hiendas del arco y cornisa, dijo el arquitecto que era urgente subir al monasterio para saber el origen de ese mal de la fábrica. Alborotose el eclesiástico. Fuimos al locutorio, tiramos del cordel de la esquila, que aleteó asustada, y acudió la tornera, saludándonos con las palabras del ángel.

En seguida vino la priora; su voz era de apenada y enferma. Sentimos mucha lástima. Nos pidió juramento de que rompíamos la clausura por bien de la orden y menester preciso. Y juramos. Avisonos que si pasábamos con otra intención o innecesariamente cometeríamos pecado mortal. Dijimos que bueno. Ella quiso escrupulosa noticia de cuántos y cómo éramos los visitadores, y nos miraba muy bien detrás del rallo, y estaba escondida para nosotros.

El más autorizado de la Junta allegose a la reja y platicó largamente. Después, a hurto del capellán, me dijo que aparentase ser técnico, pues solo así entraría.

Fuimos al portal. Hubo recio estruendo de cerrojos y cadenas. Se abrieron unas puertas ferradas, y en lo hondo de un vestíbulo umbroso hallamos otras; luego, un angosto pasadizo; y aquí, sobre la luz cansada de los claustros, se perfilaban tres religiosas. Traían sayal de jerga azul; el velo, negro y repulgado; el calzado, alpargatas blancas. Era la prelada gordezuela, blanda y vieja; la clavaria, menuda y fina; y la celadora, monja maciza, que tañía una campanita para que todas se ocultasen en las celdas de esta colmena mística.

De nuevo nos exigieron juramento. Despidiose el capellán, pues nos dijo que a él solo le era dado romper la clausura en caso de muerte de alguna religiosa.

El claustro más parecía patio de una casa hidalga y manchega. Había en medio un pozo rodeado de macetas, y, como un símbolo de castidad, florecía un lirio blanco. Cerca, saltaba un gato con mucho donaire.

-¡Gato aquí!

Las hermanas sonrieron trémulamente. Y fueron sus sonrisas quejumbrosas como un rezo de coro.

En una alta ventana apareció la pálida mano de una monja desmenuzando pan. El gato hizo graciosas cabriolas, viendo el agasajo. La celadora tocó la esquilita con angustioso apresuramiento, y cerrose la reja.

La soledad, la profunda quietud, el silencio, silencio de muros de mansión que no tiene la grandeza del silencio de las cumbres, ni la compañía y los gustosos rumores del silencio campesino; el habla cansada y medrosa de la priora; el tañido de la campanilla que anunciaba nuestra invasión, y el ver las estancias abandonadas por nuestra presencia, todo hizo que mi ánima se conmoviese de piedad y remordimientos. Aquietome, en parte, que, pasando un profundo corredor, volví de súbito los ojos y hallé que a nuestra espalda se abrían las puertas de las celdas y asomaban las cabecitas monjiles. ¿No dejaría nuestra presencia un grato olor del temido siglo, un rastro de amenidad en las frías baldosas?

En otra crujía vi arcaces viejos, cofres de piel de cabra.

-«Ni tengan arca ni arquilla, ni cajón ni alacenas» -ordenó Santa Teresa a sus hijas.

-Tampoco nosotras lo tenemos -murmuró la prelada-; que estas arcas son las que trajeron las hermanas cuando vinieron del mundo. En mucho seguimos las constituciones de la santa madre, aunque fuese de diferente regla.

Y diciendo de la suya, yo les recordé aquellas donosas palabras:

«Salidas de comer podrá la madre priora dispensar que todas juntas puedan hablar de aquello que más gusto les diera, como no sean cosas fuera del trato que ha de tener la buena religiosa y tengan todas allí sus ruecas y labores. Juego en ninguna manera se permita, que el Señor dará gracias a algunas, para que den recreación a otras».

¿Qué hermana sería aquí la dotada de celestiales agudezas?

Acaso la clavaria, que juzgamos de escasa edad por su talle gentilísimo y su voz dulce y cálida. Se lo dijimos. Y desde este requiebro advertí que retardó su paso y fue siempre zaguera y apartada, y que, de trecho en trecho, sus tocas aleteaban y se abatía como un pájaro herido y besaba el suelo, tal vez penitenciándose por haber escuchado nuestras palabras con demasiada complacencia, quizá para purificar las losas de nuestras pisadas.

Pues llegados al coro todos se pusieron a mirar el arco y la pilastra. Yo vi un arcón de roble junto al órgano y los estalos, y fui con la clavaria para mejor mirarlo, porque supe que dentro había una prelada muerta desde 1808, y todavía incorrupta.

-Ha sido beatificada, y su cuerpo da fragancia milagrosa.

En seguida pedí verla y olerla. Pero el señor que presidía la Junta visitadora, llevándome aparte, me dijo con recio enojo: «Que hiciese el... (aquí una mala palabra) favor de fingir, al menos, que miraba las paredes y anotaba y diseñaba algo. Que la Madre murmuraba de mí viéndome distraído. Que él me había defendido diciendo que yo era muy devoto y curioso de cosas santas».

Yo le contesté.

-He logrado verle la cara a la hermana clavaria...

-¿De veras? ¿Y qué tal es? -Y luego se deshizo el enojo del señor presidente.

Sí que era verdad que la viera, porque aparentando no descubrir el epitafio entre los rotos aljezones del muro, ella se había desvelado inocentemente.

De nuevo en los claustros, vino a mi lado la prelada, y con blanda vocecita me pidió que no olvidase esta santa mansión, pues ya estaba enterada del mucho aprecio en que me tenía Su Majestad.

Yo, entonces, recordando el paso de don Alfonso XIII y su rápida sonrisa, repuse (no niego que con ufanía), «que vamos... que no tanto... que yo era muy humilde y no creía en esa real estima».

-¡Oh, humildes los prefiere Su Majestad! -dijo la Madre, y llamó a la celadora.

-Diga, dígale cuánto sabemos del favor que le dispensa Su Majestad.

Y la de la esquilita, sin dejar de tocarla, suspiró:

-¡Ay, sí! ¡Bien ha de agradecer las altas mercedes!

Sonreí moderadamente, diciéndoles:

-¡Oh, no crean; vivo muy apartado. Yo, ¡qué valgo!

-Su Majestad le quiere, y basta.

Y como estas santas mujeres suelen escudriñar y saber los más escondidos designios de los príncipes, pensé si no sería yo un apocado, un antojadizo de humildades y en el fondo, hombre capaz de grandes empresas, descubierto por el rey.

Entonces me conmoví de voluptuosa tristeza, resignándome a salir de mi retraimiento y ser varón áulico y encumbrado.

Antes de marcharnos quisieron las monjitas que viésemos el huerto. Era pequeño, umbroso, fragante de jazmines.

Yo arranqué un pomo de esas flores, guardándolo como perfumada reliquia de las esposas del Señor, prometiéndome favorecer el monasterio cuando llegase al regio valimiento.

No supe lo que dictaminó el arquitecto de las hiendas de la iglesia.

Poco tiempo después, los señores diputados lugareños, corazones abrasados en la llama del amor provincial, se dijeron: «Ministremos la hacienda que nos han encomendado de manera honrada, fuerte, patriótica». Y me dejaron cesante del cargo de cronista.

Mohíno y lacio por mi desventura me lamenté y plañí delante de una tía mía, dinástica y rancia devota. Todo se lo conté, y ella escandalizose de mi entrada en el convento, considerándola ilícita y sacrílega. Pero es piadosa y perdonó luego mi pecado. Y cuando le dije lo de Su Majestad, la señora exclamó sonriendo:

-Pero ¿qué dices, ni qué piensas? ¡Mira que la Madre no te hablaba del rey don Alfonso, sino del Rey del cielo! ¡Su Majestad quiere decir Dios!

Quedé espantado.

-¿De modo que... no es don Alfonso? ¡Y qué sandio estuve!... Pero, ¡tampoco Su Divina Majestad cuidó mucho de mi suerte! ¡Ya ves que estoy cesante!

-¡Hijo! ¿Y crees y tomas a los diputados provinciales por el verbo de Nuestro Señor?

-¡Ay, tía, no; no son el Verbo!

EL RÁPIDO PARÍS-ORÁN

Hay en todos los pueblos un grupo romántico de señoritos mozos que acuden a oler el perfume de lo nuevo que pasa en el ferrocarril o diligencia, parados brevemente en la estación o en la plaza del lugar.

No es vana holganza lo que motiva sus lentos paseos hacia la estación o la espera en la plaza, sino romanticismo, tal vez virgen o escondido aún para esos mismos corazones. Estos señoritos tienen en sus manos bastones; muestran cinturón con hebilla, que casi siempre forma una blanca herradura; calzan botas muy grandes cortezosas de lustre. Se desconoce la razón del radicalismo en tocarse: o traen el sombrero con grave perjuicio de los ojos, de puro hundido, o levemente puesto hacia atrás, dejando manifiesta la mitad del peinado.

...En la colina, sobre la verdura pasada del sol poniente, brota un copo de humo que se pierde en la cúpula del cielo.

Allí ha ido el mirar de los jóvenes. Después, atienden callados y contando sus pisadas crujidoras.

El señor jefe de estación, o la gorra del señor jefe -la única galoneada gorra del pueblo, olvidando la del señor alguacil- es para ellos evocación sagrada de todos los trenes. Y la miran respetuosamente; y miran amables a sus amigos, los viejos eucaliptus o las rugosas acacias, árboles ferroviarios, con sus pobres copas ahumadas.

Cuando aparece el negro y poderoso pecho de la máquina, se detienen los jóvenes. De ellos revisan su ceñidor; otros limpian con el pañuelo su calzado; y en el pecho de todos ha sonado un latido que no es el latido isócrono, vulgar, que sienten cuando andan por las callejas o platican en la farmacia o se aburren en las salas de sus casas y en el casino.

Ya parado el tren, los ojos lugareños recorren los cristales de los vagones y quedan entretenidos golosamente ante los de primera clase.

Mal hacen las cabecitas femeninas, nubladas gentilmente por los velillos, en sonreír irónicas de estos hombres humildes que las ven altivas, delicadas y bellas, aunque no lo sean, solo porque viajan. Para ellos nunca habitan en pueblecito, curándose de menesteres ordinarios. Las imaginan nubes que dejan por el mundo la rápida emoción de su misterio. No las miran; las contemplan. No les importa que los departamentos elegantes se hallen solitarios; están los altos y cenicientos divanes amparadores de los hermosos cuerpos rendidos, «¡Allí van ellas!». Y no los miran; los contemplan.

...Sobre los campos, ya entornados por el crepúsculo, pasa, como un grito doliente de pájaro grande y triste, el silbo ondulante del tren. Y cuando la enorme espalda del coche postrero se hunde en la arboleda o en la sierra o se pierde en la vastedad de los llanos y quedan solitarias las vías -que tienen soledad aparte de la del paisaje- y zumban en el ambiente los combos alambres del telégrafo, los jóvenes retornan. Caminan al vicio de los olmos que protegen la calzada. Casi todas las manos se pliegan hacia atrás; de ellas penden con tristeza los bastones. En el silencio se oyen pasos de alpargata, pasos cortos, iguales, de andariego. Vuélvense las mustias cabezas. Es el valijero, que huele a blusa sudada y se aleja descifrando las fajas de tres periódicos provincianos y los sobres de dos oficios para el señor alcalde.

...En un roijal vibran los grillos; cerca gime una pausada noria. Bajan nieblas; suben humos tranquilos; trasciende la hortaliza de las huertas. Brilla una estrella muy hundida, muy hundida en el cielo; tiemblan esquilas en el aire y toca dulce y maternal la campana de la parroquia.

Entonces, los señoritos mozos entran en el pueblo.

...Pues hermanos suyos son los que aguardan en la plaza la ruidosa diligencia.

No viajan damas con sutiles velos embellecedores; mas el mayoral gordo y gravedoso y el zagal maleante, traen frescura de noticias; y todo pasajero con guardapolvo y guantes es ilustre varón, heroico, fabuloso.

...Y cuando tras un cantón vetusto, hendido por la hornacina de algún santo milagroso, desaparece la ráfaga de lo nuevo y se apaga la alegría de su estrépito, vuelven a resonar los chorros de la vieja fuente y los jóvenes pasan al casino; se sientan ante una mesa donde hay una botella de agua, tapada con un limón arrugado, y están mucho espacio sin hablarse. Acaso entonces la ruidosa diligencia entra en el camino envuelta por recia tolvanera; y ládranla perricos cazcarrientos y malhumorados y perros roncos de ganado y de masía. Manos de mujer cierran la ventana de la última casa del pueblo.

Estaba en mi cuarto el pintor Parrilla, mirada aguileña para la observación; y para decir, labios de mostaza tomada de los áureos tarros de Luciano y Quevedo. Es, acaso, uno de los primeros dibujantes de España.

Entró mi hermano, árbol verde y sonoro de ribera, de sombra música y protectora que hace amar la vida.

En esta noche el ramaje del generoso árbol tenía quietud de tristeza.

Se alzaban nieblas de nuestros cigarros. No hablábamos.

Ya mediaba la noche. Y desde el cabo de arenales y palmeras que abraza dulcemente el mar, nos llegó un silbido ancho y triunfador.

Levantose mi hermano; y sus ojos y el cristal y el oro de sus gafas centellearon de entusiasmo; y quedó atendiendo a la noche por detrás de mis rejas.

-Es silbo de tren -murmuramos.

Pero los trenes de esta línea costanera silban con plañido y marchan con humildad, como el rebaño por sendero, y aquel tren clamaba poderosamente.

Los grandes y nobles brazos de mi hermano se extendieron indicando dos puntos remotos imaginados.

-¿No sabéis lo que es?...

Nos miramos; ni el pintor ni yo lo sabíamos. Y mi hermano, que seguía con los brazos abiertos, dijo:

-Es el nuevo rápido de lujo «París-Orán». Mientras fumábamos ha venido desde Cartagena. Mañana a estas horas llegará a París.

Y mi hermano, que ama por puericia o ensueño los grandes trenes y guarda codiciosamente fotografías de todos los expresos y rápidos, quizá porque le traen imaginaciones de tierras lejanas, paisajes de sol, llanuras nevadas, abismos, cumbres, pueblos fastuosos, el mundo atravesado con locura en trenes opulentos; mi hermano abrió las maderas de las rejas.

Blanqueaba de luna mi buen paisaje, y el mar, mudo, quieto y luciente, parecía cuajado de claridades de estrellas. Había humildad y recogimiento en toda la noche. Y en ese fondo de quietud destacaba la respiración segura y breve de la máquina. Vimos relumbrar un ojo sangriento de cíclope. Lo apagó un palmeral cuya cumbre verdeaba húmeda y tierna.

Y me dijo mi hermano:

-¿Te figuras ese tren muy grande?

-¡Grandísimo, grandísimo, grandí...!

-Pues, no, señor, cortísimo, cortísimo; parece un juguete: un sleepingcar y dos furgones; ya ves.

Empañose dulcemente la noche. Se había entrado la gran luna en un blanco y grueso refugio de nubes.

Pensamos en los opulentos viajeros del «París-Orán». ¡Exóticas almas!... Los arpegios y campanitas de plata de las risas femeninas no sonarían... Bellas miradas expandidas en nuestros horizontes de paz; los gentiles bustos inclinados para ver nuestras tierras y nuestro mar en un reposo santo... ¡Cisnes, cisnes felices en nido aromoso moviendo sus cuellos para mirarnos!...

-¡Y si nos fuéramos!... -comencé a balbucir.

-¡Oh, sí, sí, a París..., entre «ellas»; pero desde Orán! -me interrumpió el artista.

-No; yo decía al paso a nivel, para verlo otra vez y muy cerca.

-Pues iremos al paso a nivel.

Meditó mi hermano mirando un reloj.

-Tenemos doce minutos de tiempo.

A la una y cuarto lo cruzará. Vamos.

Y salimos.

Estaba conmovida nuestra alma. Ya en la carretera, desgarrose el nublado; resbaló el canto de la luna como una proa de oro de barca de príncipe en encantamiento, y salió toda, como una moneda, quedando en un ruedo inmenso de soledad de cielo.

Nos distrajo el vuelo blando, pegajoso, de un diablillo murciélago. Descansamos en las metálicas barreras. Se movían hombres fantasmas que empuñaban linternas. En campos remotos bauveaba un perro de era.

Sonaron trompetas con ronquedad de sirena de barco; silbó glorioso el tren; y al comienzo de la curva en cuesta de las vías, nos miró ferozmente una pupila de sangre; luego, otras dos pálidas. Y jadeó con pesadumbre el coloso.

Entonces nosotros sentimos un latido de orgullo, de esperanza, de anhelos románticos. ¿Qué amábamos? Nos parecía ser los únicos que aguardábamos a las extrañas gentes fastuosas. Nos mirarían... Habían contemplado nuestras palmeras de leyenda, nuestro mar de narraciones... Los pechos de los cisnes se alimentaban de nuestro ambiente, dulce y cálido como un panal... Pues nosotros éramos los pobladores... ¡Nos mirarían!... Y nuestra actitud se hizo noble, gallarda...

Pasó ante nosotros un huracán de espantosa negrura, con resuello de fuego. Ni una luz, ni un gentil busto, ni una bella mirada. Las cortinillas corridas; todo apagado. Los cisnes iban durmiendo.

-¿Roncarán? -suspiró Parrilla.

-Deben roncar -dijo mi hermano.

Y ya no hablamos.

Emprendimos el regreso. Nuestras manos se habían cruzado sobre la espalda; traíamos los sombreros hundidos hasta las cejas o puestos levemente hacia atrás, manifestando la frente y los cabellos.

Y era lástima que no tuviéramos bastones ni cinturón con hebilla de blanca herradura...

Nunca supieron alegrías estas dos doncellas. Fueron tres hermanas y un varón. Siempre se vieron vestiditas de negro.

Ellas y los padres pasaban como una larga nube de crespón por lo apartado de la ciudad, por las huertas de la cercanía dejando en las almas un perfume de flor de desgracia.

-El primer luto que nos pusieron a nosotras -habláronse una tarde las dos hermanas mayores- fue por tío Ricardo, que vivía en nuestra casa. ¿Te acuerdas?

-Sí que me acuerdo; era alto y rubio, como nuestro padre; llevaba lentes, y cuando se los quitaba para limpiarlos con un trocito de guante de sarao, de la abuelita, le mirábamos mucho los ojos y le decíamos si tenía sueño. ¿Verdad?

-Y tenía ojos muy hermosos, verdes, muy tristes, así como gotas de estanque con luna.

-No hemos sabido nunca su muerte.

-¡Si no estuvo enfermo!

-Ya lo sé. No lo vimos un día; al siguiente tampoco; preguntamos por él, y solo nos dijeron y nos han dicho siempre que había sido muy desgraciado.

-La abuelita no lloró..., no lloraba nunca.

-Lloraba, pero sin oírsele. ¿No te acuerdas de ella?

-Sí que me acuerdo; alta, muy blanca; su frente era para corona de reina antigua o de la Virgen. ¿Verdad?

-Siempre sentada en su butaca del salón, aquel salón, tan obscuro aunque abrieran los balcones de celosías o encendieran la lámpara grande...

-Es que era inmenso y así viejo..., envejecido como una persona... Tú no querías entrar sola.

-Ni tú tampoco. Íbamos juntas y cantando; pero ya dentro, dentro no podíamos cantar porque nos imponía como la Catedral.

-A mí me daban miedo los retratos. Mira, yo no sé si era miedo. Es que no había ninguno de vivo. Todos ya de señores y señoras muertos.

-De nuestra familia... Hermanos, hijos de los abuelos..., ya ves, de nuestra familia; y los mirábamos y nos decíamos: son nuestros, nuestros, y nunca los hemos visto ni los veremos... ¡Nuestros! ¡No lo parecía!

-Si te fijas y escuchas muy en lo hondo de ti misma, verás como sí.

...Quedaron silenciosas las doncellas. Después, la que había negado suspiró:

-Es verdad; sí, nuestros; pero esta palabra huele como las flores marchitas guardadas en un libro.

-¡La abuelita sí que no tenía miedo! Delante de su butaca pusieron el retrato de tío Ricardo. Lo miraba mucho tiempo, diciendo: «¡Hijo mío, pobre hijo mío!...». Nosotras lo oíamos desde la habitación de los juguetes, que estaba al lado... Y una tarde que nevaba, cuando pasó Koff a encender luz, la encontró muerta, torcida hacia el lado izquierdo... Nosotras entramos, y la tocamos y la besamos... Parecía viva, pero muy triste, muy triste... Le enjugamos los ojos; ¡ya ves si lloraba!

-...Entonces nos marchamos a aquella finca nuestra tan grande, de techos de iglesia, que tenía un bosque muy negro como los de esos castillos que pintan. Y al poco tiempo volvimos a la ciudad. Antes de subir al carruaje, mamá fue pasando por todas las habitaciones, llorando, llorando. ¡Qué delgada estaba!

-Nuestra hermanita también lloró.

-Bueno, sí; la pobrecilla lloraba lo mismo que se reía, sin saberlo. ¿Por qué nacerán algunos niños de ese modo..., enfermos, lisiaditos?; ella tenía una piernecita corta, retorcida y podrida; y todos los meses le abrían la cadera y le quemaban las llagas...

-¡Qué boca tan blanca y tan seca tenía siempre!

-¡Pues y la mirada! Mirada de niño que se muere pronto, padeciendo siempre, siempre... ¿Por qué habrá de esos niños?

-¡Nuestros padres, qué desventurados!

-...Después murió mamá...

-No la vimos morir. Nos separaron de ella. Muerta, la besamos, y era como esas santas que dicen las historias que dejan fragancia... Koff, el pobre ruso, nos llevaba a paseo por los campos.

-¿Y te acuerdas de una tarde que voló un cuervo, muy despacio, encima de nosotras? Koff lo ahuyentó con un bastón y con piedras... «¿Lo habéis visto?» -nos dijo temblando, desencajado-. «Yo oigo siempre un chirrido de alas viejas de otro cuervo más grande, más negro; sus alas son enormes, y hacen noche en la mañana...». ¡Oh, el pobre Koff! ¿Vamos a verle? Y fueron las doncellas a otra estancia. El viejo ruso era gordo, blanco, barbizaeño y calvo. Vestía un tabardo recio y obscuro, y calzaba alpargatas. Acostado sobre un vetusto mueble, fumaba insaciablemente, envolviéndose en nieblas azules de olor penetrante.

-¡Oh princesitas! -exclamó, alzándose-. ¿Ya vino Pablo?

Hablaba del hermano.

Habían sido familia venida de árbol opulento; pero ella formose ya en la declinación de la ventura y sufrió rigores de suerte. Para mejorarla estuvo el padre en Varsovia, donde abuelos suyos dejaron hacienda y amistades. Mas, fue también desgraciado en Varsovia.

Koff acompañó al señor en su regreso. Koff, un solitario, sometido a ley de mujik, desyugado por la hidalguía castellana, y que pasó de siervo en las soledades a confidente en el hogar y custodio de los hijos. Asistió a todos los quebrantos y dolor de las muertes. Fue la postrera la del señor, ya en viudez y ruina.

Le cercaban los hijos y Koff.

Pablo, que tenía asida una mano del padre, sintió romperse entre sus dedos el latido del pulso santísimo. Y todo el cuerpo del padre se derrumbó en el lecho, inclinando levemente la cabeza. Transidas, aterradas, lo miraban las hijas.

Pablo las atrajo a sus brazos; las besó.

-No os apuréis así; pensad que aún os quedo yo.

Koff pudo apartarlas y al salir besó los pies y las manos del muerto. «¡Oh, un cuervo gigantesco había hundido sus garras en el corazón de los señores, y sus alas nublaban sus frentes en tribulación eterna».

Pablo llegó tarde.

Lo vieron las hermanas distraído, renovado de vida y lumbre en la mirada. En aquella mañana estuvo gozoso. Bromeaba a Koff.

Koff le miraba; miraba a las doncellas y se decía asombradamente: «¿Vendrán nuevas de dichas?; ¡pero si apenas queden almas que las gocen!...». Pablo hablaba, Pablo reía, y él siempre estuvo hosco y callado.

Acabada la comida, Koff hacía del reacio para llevarse los servicios y ropas de la mesa.

-Koff -dijo Pablo-, tú no quisieras marcharte dentro, porque sospechas he de hablar.

Al oírlo se inflamaron las poderosas mejillas del buen Koff. Abrió las puertas y desapareció.

-¡Koff! -gritáronle los hermanos sonriendo. Y salieron en su busca.

Volvió el ruso, abrazado por los tres jóvenes.

-¡Oh, es que me tomaron por hembra vieja y curiosa!

-¡Cállate, ruso!

-¡Ruso, ruso! -refunfuñaba Koff, como un muchacho-. Yo vi alegría en la frente del señor...

-¡Cómo señor! ¿Ya no soy Pablo?

-...Yo vi alegría en tu frente y en tus ojos... Y yo sentía el peso y lo negro de las alas que yo veo siempre; por eso yo miraba sin entender; yo miraba...

-Siéntate, Koff -le ordenó el hermano.

Estuvieron conversando mucho tiempo.

Pablo hablaba anhelosamente. Una llama de felicidad le alumbraba.

Koff, receloso, miraba al joven, miraba a las doncellas, y meditaba contemplando sus manos cruzadas.

-Koff, ¿tú qué dices? -le requirió Pablo.

-¡Oh, señor!

-¡Otra vez señor!

-Sí, mi señor.

-Y a vosotras, ¿qué os parece? -añadió el joven, volviendo su palabra a las doncellas.

-¡Nosotras! -suspiró la menor, y sus labios sonrieron con dulzura.

Y la hermana dijo:

-¿Y cómo no nos hablaste antes de todo?

-La persistencia de nuestro infortunio me hizo desconfiado. Era inseparable para mí la dicha de amor y el triunfo de la casa. Hoy os lo he dicho porque todo es cierto; y se cumplirá... Hermanas, os daré en mi mujer compañía tierna y cálida de madre. ¿Qué contestáis?

Ellas le besaron.

Salieron juntas. Koff las seguía.

-¿Oíste, Koff? ¿Qué dices tú de Pablo y de su casamiento?

-¡Oh, princesitas, princesitas mías!

Se harían las bodas sin fiestas ni anuncios por recogimiento de luto.

Koff hubo de viajar para negocios de Pablo. Y tornó días antes de la ceremonia.

-¿Ya conocéis a vuestra hermana? -preguntó a las doncellas.

-Aún no. No hemos salido, Koff. Pablo dice que vendrá ella una tarde acompañada de los suyos para visitarlo todo y vernos.

Y en la siguiente, ya iniciado el crepúsculo, cuando estaban en coloquio de ternura, recordando a tío Ricardo, a la hermanita enferma, a los padres y toda su infancia de tristeza, voces y risas nuevas se esparcieron en la quietud melancólica de este hogar roto.

Koff y las doncellas fueron al encuentro de Pablo y de la novia, que traía cortejo de parientes y amigos.

El ruso quedó en el quicial de la estancia donde se reunieron.

Y en los tres penetró una mirada fría y enemiga.

Pablo acercó a las huérfanas. Y la amada las besó levemente. Y al separarse, las hermanas se buscaron y muy juntas otra vez se dijeron con la mirada el angustioso desamparo de sus vidas, mientras Koff se alejaba a su aposento, humillando la cabeza, que parecía huir de la pesadumbre de unas alas ominosas abiertas siempre sobre aquella casa.

Martín era un floricultor maravilloso. Sabía lo más escondido de la vida de las flores, la trama y el sueño de los bulbos, la peregrina circulación de los jugos de todas, y los nombres latinos y bárbaros -casi bien pronunciados- de muchas. Sabía que plantando un menudo trozo de hoja daba nacimiento a una nueva criatura vegetal viable, completa, como sucedía con las Gloxinias y Begonias. Platicaba con las matas persuadiéndolas si necesitaban de injerto para lozanear y embellecer la estirpe; y como se cuenta del buen San Francisco, Martín paseaba por su humilde huerto, y viendo una florecica inclinada a la tierra, lacia, mohína, triste, acercábase a la planta y dándole con sus dedos un gracioso y delicado capirotazo, solía decirle: «¡Ya sé lo que tienes, picarona!». Y en seguida la bañaba con mucho regalo, con mucha suavidad y le sacaba algún insectico que le estaba chupando ferozmente la miel de su seno.

Conviene hacer confesión que Martín no era precisamente un San Francisco. Martín no amaba las flores, sino sus flores; las cuidaba paternalmente; no sosegaba mirándolas; y luego, las vendía. Lo mismo hace el ganadero con sus reses y el recovero con sus averíos. Bueno; de todos modos, aunque un hombre se mantenga granjeando de sus rosales y de sus clavellinas, siempre resulta su figura más conmovedora y hasta filosófica que la del negociante de cerdos.

Claro, que no es menester que el cultivo de los jardines enmuellezca y afemine el ánimo y otras cosas. Martín no, no se afeminaba, antes era hombre recio, hosco y dado a ideas revolucionarias y designios socialistas. Hablaba de transformaciones de los pueblos; y tenía un pliegue en la frente como el glorioso emperador. Cuando leía una hoja incendiaria y decía sus pensamientos de repúblico, delante de su familia y amigos, todos, más que escucharle, le contemplaban el pliegue. Su mujer se pasmaba. ¿De dónde le acudían esos peligrosos odios y aficiones, siendo tan paciente con el Echinocactus Ottonis y tan dulce y sumiso con el dueño de la casa? Porque Martín habitaba casa ajena, la de un funcionario ultramarino -me parece que oidor-, quien vino de aquellas tierras remotas con un pedacito del vellocino de oro enredado en el fondo de su faltriquera y un mal de ijada.

Era el señor magistrado alto, seco, con larga americana cruzada, sombrero muy hundido y bastón de concha de vivas transparencias. Escogió una templada ciudad; mercó una casa en paraje sosegado, añadiole huerto, y admitió en las habitaciones bajas al matrimonio Martín para que le asistiera a él y a su esposa, una desabrida señora vieja y flaca, dándole por sus servicios techo y libertad para vender flores y alquilar macetas y ramajes a fondas, ceremonias, fiestas y agasajos políticos y familiares.

El ex magistrado estaba tan contento de su jardinero que, algunas mañanas, escapándose de las rígidas faldas de la esposa, bajaba al huerto, y mientras Martín regaba el lilium candidum, el tigrinum, el superbum, el chalcedonium o el tropoeolum majus (total, una alborozada mata de capuchinas), él le contaba grave y anchamente cualquiera rareza de la flora de Indias, y a veces, toda una contienda jurídica.

Martín también estaba muy contento, y ganaba muy buenos dineros con su jardín, cada día más famoso y solicitado.

* * *

Sucedió que en la ciudad se fervorizaron los ánimos porque había renovación de concejales.

Una noche se congregaron los socialistas. Y habló Martín. Dijo que era preciso «comenzar la batalla y que la primera jornada, el primer encuentro y trinchera estaba en las urnas municipales».

Pues en seguida le proclamaron candidato.

Y al amanecer, delante de la rosa alba y de las mimosas púdica, casta, sensitiva, viva, Martín sonreía enternecido y acaso balbució: «¡Si supierais que quien os da de beber y os mulle la tierra está casi sentándose en el Cabildo!».

¡Era un San Francisco que platicaba con las flores!

...Y se sentó en el Cabildo.

Dijéronselo, en el Casino, al señor oidor.

-¿Martín, mi jardinero, concejal?

-El mismo. ¡Imagine, imagine si podrá servirle de poco! ¡Y concejal socialista y todo!

-¿Socialista, socialista y todo?... ¡La ola..., la ola siniestra que ya avanza, avanza!... ¡He criado un cuervo!...

Y el señor magistrado, sin rematar su párrafo, marchose enfurecido y temeroso.

Cuando la señora lo supo, también gritó:

-¡Un cuervo, un cuervo hemos criado que nos sacará los ojos!

-Hija, lo mismo he pensado yo; pero no ha de ocurrir, que el enemigo no seguirá bajo nuestros techos.

Llamó a Martín para decírselo, y la pobre ola presentósele sin blusa ni alpargatas, sino toda de negro, el traje de paño de su casamiento, que siempre estuvo guardado en la vieja arca.

-¿Pero, es que me echa usted? -exclamó Martín angustiándose.

-Hombre, echarle precisamente... Es usted concejal, y lo único que hago es invitarle a que se busque casa.

Después, le rodearon sus compañeros. Y como el caudillo mostrase duda, flaquezas, apocamiento mirando sus begonias zebrina y sanguínea, la campanula ranunculus el heliotropium peravianum, un tonelero viejo y tuerto, antiguo sargento, gritó lo mismo que el capitán Bravida al héroe de Tarascón:

-Martín, es preciso partir!

Y Martín partió.

La casa del señor concejal era honda y sombría.

La mujer y los chicos estaban flacos, pajizos y mustios, no tenían huerto, y no había ganancia.

Martín, baldío, con el entrecejo cavado por el filo de sus pensamientos, y su traje de bodas envejecido, pasaba calles y plazas, recibiendo el saludo de algún socialista gozoso. Llegaba a un jardincito municipal. Acercábasele el custodio, y destocado y humilde, con sonrisita pellizcada por la malicia, escuchaba los nombres latinos de plantas que le decía el señor concejal.

Dos guardias se allegaban, esperando sus mandatos.

Y cuando Martín se iba, ellos le saludaban con rendimiento y socarronería.

-¿Qué te dijo, qué te dijo el señor concejal?

El jardinero se rascaba el cráneo, después una nalga, y encendiendo la punta del cigarro, murmuraba regocijadamente:

-¡Todo es hambre!

En la solana estaba ya puesta la mesa, vestida ricamente con finísimo mantel bordado por manos de monjas, y rizadas servilletas de primorosas cifras; eran los cubiertos de labrada plata y la vajilla casi diáfana con muy lindos y arcaicos países. Todo lo sacó el tío de armarios olorosos, para aquella íntima comida en regocijo y celebración del casamiento del sobrino.

Una criada, moza lozana y limpia, puso en el centro de la mesa un búcaro de magnolias, azahar y encendidas rosas, y a los lados grandes fruteros de duraznos y ciruelas goteadas de sus mieles. Traspasaba el sol las panzudas botellas de vinos añejos, dorados y purpúreos; y el ambiente se llenaba de fragancias, de alegría y hermosura.

Don Eduardo fumaba sentado en un sillón de paja. Ramas viciosas de rosal de escaramujo y de trepadoras cuajadas de cálices azules, se cruzaban y tejían por hierros y pilastras, y entre esta celosía verde y florida, asomaba el cielo de la mañana, que era de julio, sosegada y alborozadora.

Frecuentemente se levantaba el caballero, y apartando las grises cortinas de la solana, miraba todo el camino, ancho y liso como un manso río, que torciéndose orillado de álamos de estremecida blancura, y alejándose por tierras segadas, llegaba al pueblo ceñido de un vaho zarco y trémulo pasado por la aguda torre de la abadía, en cuya cima roja y bruñida, el sol dejaba una gota de lumbre.

Dijeron al señor que en la cocina todo estaba acabado; y otra vez asomose viendo con impaciencia y enojo la soledad del camino. Pasó sonoreando una abeja; quiso osearla don Eduardo; pero ella buscó las flores, y dentro de la más apretada y jugosa, se fue anegando deliciosamente.

Mirando estaba, tocado de envidia, el caballero, ese baño y goce de dulzura y olores, cuando le avisaron la llegada de los esperados; de lo que recibió gusto y sorpresa, porque no oyera rodar de carruaje ni voces en el camino atalayado toda la mañana por sus ojos.

Cinco eran los invitados; el sobrino y la esposa; él, grave y macizo; ella, más alta, blanca, de cabello rizado, aniñada y dulce; el párroco del pueblo vecino, bajito, ancho, rojo, y tan espeso y encendido de barba, que lenguas maleantes le apodaron el «padre rastrojo»; y el juez y su señora, entrambos secos y lacios.

Don Eduardo descollaba entre sus comensales por su robustez, contento y facundia; su habla y risa tenían franco estruendo y manifestaban lo descuidado de su independencia y holgura de su vida. Habitaba solo con tres criadas muy coloradas, risueñas y fermosas en aquella rica casería. Estaba separado de la mujer, muy altiva señora y poco escrupulosa en algún linaje de moral. Don Eduardo la apartó de su lado; y la lozanía de su ingenio no se mustió por las pesadumbres del divorcio, y fue pasmo y regocijo del mismo prelado que entendiera en el pleito eclesiástico. De una hermana viuda, ya muerta, recibió por hijo al huérfano, muchacho rollizo y serio, primer premio en colegios y universidades, graduándose de doctor en leyes en la de Madrid; y aquí se casó. Vino al pueblo y fundó su hogar. Cuando los recién desposados llegaron, don Eduardo se hallaba recorriendo sus haciendas; y vuelto a su finca mansión, quiso que Esteban y Octavia, que así se llamaban los sobrinos, fuesen con él un día, y no más, para no distraerles demasiado en los primeros y sabrosos de sus bodas.

Esteban y Octavia y los invitados alabaron lo peregrino y deleitoso del improvisado comedor, y la elegancia y la hermosura de la mesa.

A Octavia la sentó el tío a su lado. El párroco ocupó la cabecera; y empezó la comida.

A pesar de su apartamiento campesino, era don Eduardo muy sibarita y mundano hasta en minucias, como lo echó de ver el eclesiástico en las diminutas y doradas garras de águila que el caballero usaba para prenderse la servilleta. El cual, después de pasarla por sus labios, esclareciéndolos de la frondosidad blanca y tostada de su mostacho, contempló a su nueva sobrina y dijo llanamente:

-¡Hija, y qué hermosísima te veo! En verdad que prueba el casamiento a algunas mujeres. ¿Qué le parece, señor cura?

El «padre rastrojo», que ya engullía una orilla de pan untada de manteca, sintió que le ardía la cara, y quedose perplejo, mostrando su dentadura blanca, grande y poderosa.

-¡Por Dios, don Eduardo! ¿A mí me lo pregunta usted?

El señor juez y su esposa miraban a Octavia, que sonreía donosa y suavemente.

-¡Te encuentro mucho más guapa que cuando estuve en Madrid para pedir tu mano!

La criada, que entonces servía una dorada colina de pasa fina y olorosa rellena de perdices, contempló ceñuda a la gentil señora y luego a su amo.

Llegó de la mañana de fuera una palpitación de la brisa que extrajo del seno de las flores densa y lujuriosa onda de fragancias mezclada con el olor de las frutas.

Octavia aspiró deliciosamente. Dos abejas brotaron del claustro de una rosa.

La gran nariz del eclesiástico se estremeció con ansia y voluptuosidad.

-De modo que usted -dijo Esteban- deshaciéndose los ojos para descubrirnos... ¡y nosotros viniendo por otro camino!

-Es verdad: ¿por cuál vinisteis, sin coche y con ese resistero que nos hace?

-Trajimos carruaje hasta los cercos del Huerto de los Cipreses. Quería Octavia verlo. Pero era ya tarde, y solo pudimos atravesar por donde es más reducido.

-¿Y te gustó, Octavia?

-Muchísimo. Nunca he visto tantos cipreses ni tan viejos y grandes; se percibe allí como un olor de antigüedad.

-Conmigo has de ir para verlo todo, inclusive la casa, cuyos techos, zócalos, puertas y muebles están labrados de la hermosa madera de esos árboles. El dueño es grande amigo mío; mancebo romántico, hastiado como un inglés... ¿Y reparaste en la hija del guarda?

-A nadie vimos.

-No hay en el contorno moza de tanto donaire... ¿no es verdad, señor cura?

-¡Pero don Eduardo de mi alma! -prorrumpió atribulándose el sacerdote.

-No tanto susto, padre; que ella misma me dijo que era su hija de confesión.

-¡Y nada más, señor! -Y del cordero frito que le ofrecían púsose media sesada y tres costillas.

La señora del juez no quiso cordero.

-Hija, hija -suspiró el marido e imitó al presbítero.

-Quisiera yo -dijo Esteban con risa contrahecha- que no se hiciese padecer a nuestro amado párroco ni a esta señora...

-¡Pero, si todo lo hice por regocijar la mesa! -Y lo pronunció don Eduardo mostrándose serio y herido del advertimiento; aunque sus ojos retozaban de malicia.

Esteban pidió a Octavia que desagraviase al señor tío, añadiendo que lo que dijo fue para impedir el sufrimiento de algunas almas justas y medrosas.

-¿Casado, y sigues con tus inocencias de antaño?

-¡Oh, no son inocencias, tío Eduardo, sino verdadera doctrina que ha de leer en mi libro próximo!

-¡Obra de santa eficacia! -murmuró el señor capellán apurando el oro de su copa.

-¿Ya le conoce usted? -preguntole don Eduardo.

-Algunas páginas que tuvo don Esteban la benevolencia de leerme.

-¿Y tú, Octavia, también escuchaste las filosofías de tu marido? ¡Y recién casados! ¿Qué guardáis, entonces, para la vejez?

Octavia inclinó la mirada sonriendo, sus pálidas manos, descansadas sobre la mesa, se teñían y alumbraban del iris y grana que producía el sol penetrando una copa de agua y un frasco de vino color de cerezas.

-¡Cuánto has de aburrirte, hija mía!

El eclesiástico dijo que le admiraba cómo siendo don Eduardo de generosos sentimientos, hacía burla y oposición a la doctrina del sobrino.

-¿Es posible saberla? -preguntó el juez.

-Fácilmente: mi sobrino nos arranca el odio y toda malquerencia, o al menos pretende quitarnos esos movimientos de nuestro ánimo, que algunas veces son muy saludables. ¡Y casi no se atrevió a tanto el mismo Jesucristo!

-¡Tío, tío!

-Pues yo -dijo gravemente el juez- comulgo el parecer de don Eduardo.

Su esposa le vertió su mirada de iracundia y espanto.

Sirvieron un corpulento y rubio capón.

-¡Oh, usted no es para mi sostén ni argumento -repuso el viejo caballero-, porque solo sabe de la humanidad codificada!

Esteban sonrió balanceando genialmente su cabeza.

-Mi buen tío: el odio, además de ser un enemigo vituperable del hombre, es sencillamente innecesario y opuesto a nuestra condición.

Sonó la estrepitosa risa del tío Eduardo.

-¡Pero, hijo mío! La criatura que va a la escuela, hay momentos en que ya aborrece al señor maestro por dulce y manso que éste sea; el más virtuoso varón que viaja en un tren, odia al nuevo viajero que le quita el sueño y le obliga a estrecharse. ¿No te parece, Octavia; o es que en vuestro viaje de novios no subió nadie a vuestro departamento?

La frente y las pálidas mejillas de Octavia se encendieron de rubor bellísimo.

-Créeme, Esteban; y usted, bienaventurado presbítero, créame también. No es pecado pinchar de cuando en cuando. Estas abejitas que antes chupaban de lo más íntimo de nuestras flores, labran mieles riquísimas, pero, si nos acercamos, pican más que las lenguas de algunas devotas de su parroquia.

Prosiguiera don Eduardo, pero vio que entraban las compotas y fuentes profundas de dulces de leche y bizcochadas de almendra. Y antes de beber los licores y champaña, dispuso que se avisase al señor del huerto de los cipreses para que participase de los postres y trajese novedad a la plática.

Luego vino el nuevo invitado. Era un hombre alto y pálido, rubio y de labios bermejos; vestía con esa descuidada elegancia que hace adivinar la que puede ostentarse cambiando de escenario campesino al de opulencia y cortesanía.

-¡Ahora -gritó don Eduardo- bebamos por los novios!

Así lo hicieron todos alborozadamente.

Hablaron de la vida azarosa y galante del caballero de los cipreses; y Octavia bebió con avidez el cuento de sus aventuras, viajes y tristezas.

Tío Eduardo, maligno y risueño, le deslizó a Esteban:

-Paréceme que a tu mujer le gusta más lo que hace mi vecino que tus santas y graves filosofías.

El esposo se estremeció hasta los profundos de su alma y fijó su mirada en los aludidos.

Octavia alababa lo romántico, nuevo y aromoso del bosque de cipreses. Y su dueño, contemplándola dentro de sus ojos, dijo de las umbrías de laureles y rosales ayuntados con aquellos árboles; y acabó ofreciéndole:

-Esperemos que decline el sol, y yo la guiaré... les guiaré -se corrigió a sí mismo con presteza- por los valles y laberintos de mi jardín.

-¡Imposible, hoy! -prorrumpió trémulo y pálido el esposo.

El otro sonrió heladamente.

Don Eduardo se apartó con el sobrino, fingiendo que se asomaban a contemplar la tarde.

-¿Qué te parece mi vecino? Es hombre cultísimo, interesante y hasta hermoso -Y diciéndolo, recibió la mirada de agravio y de odio de Esteban.

-¡Es hombre ridículo, fatuo, repugnante!

-¡Por Dios sobrino mío! ¿Y tu libro curándonos del odio?

El «padre rastrojo» se allegó pidiéndole que le anticipase más de su obra maravillosa, y quedó espantado de la contestación de don

Esteban, que no puede copiar el cronista de esta comida en regocijo y celebración de su casamiento.

Cuando todos se despidieron, tío Eduardo murmuró al oído de Octavia:

-Me lo trajiste filósofo, y yo te lo devuelvo marido.

PAISAJE

Un artista y yo fuimos a un pueblo cercano; y un grupo de amigos generosos quisieron mostramos su amor y magnificencia, y nos llevaron al sitio predilecto del lugar: una cumbre frondosa donde nace una fuente y hay un santuario. Y ved que lo más preciado de los pueblos españoles es eso: fontana y ermita.

Nos recibió la altura con tristeza de soledad altanera.

Los hombres tenían alborozo del gusto de lo nuevo, porque salieron de la ciudad donde hay fábricas, escritorios, disciplina de oficios y emergían dichosamente sus almas de las aguas estadizas de la vida urbana. Prometiéronse los hombres comer con más regalo y novedad que en sus hogares, y porque se llegaba el cumplimiento de la promesa, también se alegraban en su corazón.

Miramos el paisaje; y parecía que era el paisaje quien nos miraba con piedad, porque nos asomábamos como «nuevos», como romeros o visitantes; y tenían prisa nuestros ojos en registrar la cercanía y lo remoto, pues habíamos de comer y bajar seguidamente a la pobre hondura.

De memoria o por aturdimiento exclamábamos: ¡Qué hermoso! Pero éste era tan solo grito cerebral; aún no estábamos abrasados por el sentimiento y amor de las inmensidades.

Encima de nosotros pasaba blando, lento y sucediéndose un nublado de humo frío, y detrás se adivinaba la mañana de lumbre y azul. Y contemplando las hondas arboledas, los valles labrados, hazas encendidas, misterio de pinares, alegría de blancos casales con su refugio de olmos poderosos y frescos, recibíamos una lluvia muy leve, como polvo de agua, que descendía a los barrancos y volaba en la espléndida anchura de los horizontes. Y amábase con envidia la libre lluvia gozadora de inmensidad, que no es la mísera que burbujea en los charcos de las plazas o vemos, con ahogo y lástima de nuestras vidas, sobre un muro conocido, o penetrar entre los aleros de las casas para morir en las verdes losas de un patio muy triste...

Veíamos compasivos en los valles la infantil arrogancia de oteros y altozanos; parecían estremecerse sus buenas cañadas por el blanco hormiguero de un rebaño. Grandes serranías se rasgaban, quedando agudos y aislados los crestones con espiritualidad de inmensos templos ojivales. Más lejos, seguían montañas de dulce ondulación, como si la roca fuera de tierna y dócil pasta y una mano suavísima la hubiera modelado con una lenta caricia. Y muy remotas se alzaban otras cumbres y luego otras, pálidas, esfumadas por la lluvia y la longura y eran como distancias puestas de pie.

Junto a nosotros se hendía abismalmente la sierra. Bordeábamos el negro barranco del Infierno. Furia de zarzales y encinas viejas, monstruosas, apretadas, bajan hasta lo profundo como una condenación de almas del sueño de Dante. Toda nuestra montaña era un grandioso macizo de verdura alta, espesa, florida y aromosa; en las tajaduras del peñascal, trenzándose con las raigambres de los pinos se desbordaban generosas las madreselvas y caían torrencialmente los rosales silvestres de florecillas simples, como aire cuajado en rosa, ofreciéndonos ramas tiernas para guirnaldas de sienes de doncella. Y en el seno del boscaje, los difíciles claros de la fronda eran lámparas de un sagrario de delicia que goteaba día tamizado, y la luz entraba como una gracia en las entrañas de verdores recientes. Olía la sierra a fortaleza y lozanía y placer de primavera y frescura de aguas de cimas. Y temblaban todas las cuerdas de la infinita lira de la fauna...

Nos volvimos al mar de espacios para que viajase la mirada por las perspectivas humosas de lluvia.

Nuestra montaña, en la eminencia, se desprendía del verde abrazo y opresión de la arboleda y mostraba la desnudez de su frente, enorme, indomable y delirante de cielo.

Gozábamos ya el paisaje; y él y nuestras almas se poseían sagradamente, porque anhelábamos cruzar los abismos, ser ala blanca y fuerte que hendiera en goce supremo la inmensidad para llegar a otras cumbres remotas y besarlas y descubrir con avidez otros valles. Y era también indicio de sentir el paisaje, subir a nuestro lado los amores dejados en la llanura sublimándolos, haciéndolos participar de la belleza; trazarnos vida purificada y venturosa, dolernos de nosotros mismos como si nos viéramos bullir ruinmente por callejas y oficinas y angustiarnos porque había de acabar nuestra beatitud.

Comimos en una hospedería de paredes encaladas y rudo envigado de troncos enteros. Por sus ventanitas penetraba impresión de espacio.

Después, salimos y caminamos.

Había aparecido la gloria del azul y las altitudes estaban encendidas de sol; y los valles tenían tristeza y recogimiento de jardines de monasterios.

Al tocarlos, árboles y arbustos prendidos de lluvia quieta y diamantina, la desgranaban en nuestras mejillas y manos. Y todos los verdores lavados, lujuriantes y frescos nos incensaban sanidad y vida. Comenzaba la bella tarde de las cumbres... y nosotros, entonces nos marchábamos porque teníamos ¡prisa! ¡Prisa, prisa, prisa! repetíamos, y resultaba un silbido, ¡ni siquiera palabra!

En la gran soledad silenciosa se deslizaron cántigas de ruiseñor. Nos conmovimos más. Un insecto, un renuevo de pino, el sentimiento de la quietud nos hacía lagrimear. ¡Y teníamos prisa! ¡Señor!

Ahora que he perdido aquella visión de las cumbres y soledades, yo las bendigo, porque imaginándolas me purifican.

He pensado que un banquero opulentísimo, y quizá tacaño, del pueblo donde nos regalaron hombres generosos, debería, sí, debería darme dineros y si no se atreviera a molestarme, cuidar de que se me labrase mansión en los peñascos frondosos... Pero no, que no lo haga; sería dejar de ser él quien es y acaso no convenga y dejase yo también de ser quien soy.

Amaré el paisaje desde mi humildad y, cuando pueda contemplarlo, me entregaré a él inmensamente...

¡Que no, que no me dé nada el señor banquero!

59/63

¡Que no, que no me dé nada el señor banquero!

EL POETA ETERNO

Por las tardes, las grandes, claras y olorosas tardes estivales, salimos al purísimo oreo de las calles y de los campos, y el alma, asomada a los ojos, no creyéndose sujeta, vuela gozosamente por el azul.

Entonces hay un sereno alborozo en todos los hombres y los vemos hermanos, y todas las mujeres son beldades, sencillas, aladas, y todas las pequeñas criaturas, dechados de gracia y gentileza. Entonces, si de las hondas raíces de nuestra vida nos sube un estremecimiento de tristeza, llega a la faz del alma como flor de tristeza, bendita y suave flor que gustaría a su más grande enemigo el señor de Montaigne.

Yo no niego que un plieguecito firmado por un mercader a quien debamos dinero nos reduce y quita la mirada de toda contemplación buena y deleitosa, que ya dijo San Juan Clímaco que es imposible mirar con un mismo ojo al cielo y la tierra. Pero no pensemos en lo ruin, sino regocijémonos, que ahora estamos asomados a la tarde, inmensa, transparente, dulcificadora, y en todo nos parece ver nuestra alma, nuestra vida muy intensa, encandecida como ala blanca, trémula y resplandeciente de sol. ¡Nos hemos desnudado de dolores y groseras pesadumbres!

De los paseos provincianos sale como una voz de alegrías y fragancias que nos atrae. Están floridos y opulentos de verdores nuevos, frescos y rociados. Los viales de acacias y de árboles del paraíso tejen ámbito oloroso. Las madreselvas, los rosales, las azucenas y aun los olmos añosos de fronda reciente y las matas humildes hijas de la lluvia, nos incensan voluptuosidad, inocencia, contento y fortaleza.

Mas la grava de los senderos cruje, y aparece un guarda malhumorado y seco, en cuyo sombrero raído brilla el pobre azófar de su insignia de custodio. Y este hombre, de catadura oficial, esquiva y triste, nos recuerda disciplina, ordenanza y Concejos... ¡Oh, la pobrecita alma se va desjugando de sus mieles, por un buen hombre que, no habiendo menester de jornal, le tendría sin cuidado todo el Ayuntamiento y aun el mismo jardín que tanto nos agrada!

Los ruiseñores de los olmos, la alegría de los macizos, el ambiente aromoso, la gloria del azul, nos llevan a imaginar un mundo florido, infantil, virginal. Ahora, los rincones de esos huertos-paseos parecen altares. Y los templos, jardines. ¿No sería acierto de belleza y santidad que en estos meses primaverales de rosas, de sembrados y frutos maduros, de alegría y amor, descansaran los señores presbíteros y canónigos de su ministerio y los ejercieran vírgenes como lirios, leves como nubes, místicas y novias, que sintiesen en su alma abrirse las azucenas de María y temblar la llama venturosa del corazón de Jesús y del amado? Pero esto es simpleza mía. Sigan los graves canónigos. Y yo me aparto para que entre un poeta al jardín provinciano.

Poeta que olvida sus ansias, ganando del júbilo de la tarde. Bajo las acacias, un grupo dichoso de doncellas enmudeció al verle. Pasó el artista llevándose la sensación íntima, acariciadora, de dos ojos de oro profundo y suave de la más gentil de todas. ¡Hubiérale dicho él de sus quimeras de gloria! ¡Hubiérale besado, protegido por el verde palio de los árboles! Y ni siquiera rindió el saludo a la desconocida que le había entregado su mirada.

Lejos, en un banco, descansa el poeta, saboreando el sosiego del retiro, por donde resbalan canciones de pájaros, palabras de mujeres y risas de niños.

Después las doncellas pasan a su lado; se detienen junto al estanque de aguas dormidas y verdes, y los mismos ojos dorados le contemplan, y la santa y fuerte vida de primavera ha penetrado y florecido en sus corazones como gracia del Señor.

Llegada la noche se apartan.

...Y se ha apagado el gozoso incendio del estío; y ha caído la lluvia de oro del otoño; y la tierra, los horizontes, las cumbres se reducen bajo largas nieblas.

El poeta escucha y sufre sus ansiedades en la soledad; y se mezcla y disipa su corazón en el bullicio de las gentes; y se exprime su alma, y de ella ha huido como santa golondrina la dulce memoria de la doncella que le diera sus ojos.

Pero otro estío ha triunfado.

Y en tarde clara, grande y aromosa, el poeta, que ya ha gustado la flor divina del loto de la gloria, entra distraídamente al dichoso retiro del jardín provinciano.

Salen del templo vecino bandadas de vírgenes; y un grupo que esparce los trinos de sus risas, pasa al lado del solitario. Y el hombre se estremece de ventura recibiendo en sus ojos la mirada de la olvidada mujer.

El ruido y frescura de los árboles, el azul de la tarde, el olor de rosas y acacias, de hierbas tiernecitas y de la tierra regada, todo qué santo, magno y deleitoso parecéis al alma del artista amado... ¡Y singularmente por ser artista!

Y aconteció que pudieron hablar, amparados por los árboles floridos, y él la llamó su elegida, su adivinada.

-¡Oh, me conociste y amaste, poeta! ¡Poeta, el hombre más digno de amar y ser amado!

Ella le susurró, desfalleciendo de íntimas dulzuras:

-Yo no supe ni pensé quién fueras, y amé. Y te hubiese querido siendo el más ignorado y plebeyo de los hombres.

Y el artista se entristeció dolorosamente y la espina del orgullo sangró su corazón.

¡Oh pobre hombre que «eres como la grulla que se para en un pie por miedo que se sumirá la tierra con ella; et como el gusano que está todavía entre los terrones e non se farta de tierra et está siempre fambriento por miedo que le fallecerá la tierra et quedará sin vito; et como el murciélago que vuela de noche et se asconde de día porque cuida que non ha ave tan fermosa, et ha miedo que lo tomarán los homes et lo pondrán en jávola».

Pesar de criatura por envanecimiento, ¡quítate de nosotros!

El poeta se resigna y alegra por eficacia de filosofías y exclama:

-¡Ruin de mí que me tuve por amado solo porque me acarició la gloria, y es la misma vida quien ungió mi frente, la vida grande y toda, y ella, y no yo, el poeta glorificador y eterno que me hizo amante y amado!

Y entonces, sencillo y dichoso, besó a la mujer.